幼兒全語文階梯故事系列

傘子的用處

袁妙霞 著
野人 繪

小熊有一把漂亮的傘子。
每次外出，小熊都帶上這把傘子。

下雨時，小熊用傘子擋雨。
「這樣就不會弄濕身體了。」

晴朗時，小熊用傘子遮太陽。
「這樣就沒那麼熱了。」

上山時，小熊用傘子幫助走路。
「這樣就容易走了。」

果樹太高了，小熊用傘子摘果子。
「這樣就摘到果子了。」

「噢！不好了！」小熊的褲子給樹枝割破了……

小熊用傘子遮着屁股。
「這樣就不覺得難為情了。」

導讀活動

進行方法：

❶ 讀故事前，請伴讀者把故事先看一遍。
❷ 引導孩子觀察圖畫，透過提問和孩子本身的生活經驗，幫助孩子猜測故事的發展和結局。
❸ 利用重複句式的特點，引導孩子閱讀故事及猜測情節。如有需要，伴讀者可以給予協助。
❹ 最後，請孩子把故事從頭到尾讀一遍。

1. 小熊手裏拿着什麼？請形容一下他的傘子。
2. 傘子的主要用處是什麼？
3. 請把書名讀一遍。

P2

1. 小熊手裏拿着什麼？你覺得他的傘子漂亮嗎？
2. 你猜小熊背後是什麼地方？他拿着傘子打算出門嗎？

P3

1. 圖中的天氣怎樣？天上的雲是什麼顏色的？請說說看。
2. 小熊的傘子起了什麼作用？如果沒有傘子，小熊會怎麼樣呢？

P4

1. 圖中的天氣怎樣？為什麼小熊還打着傘子呢？
2. 小熊覺得熱嗎？你是怎樣知道的？這時的傘子可以起到什麼作用？

P5

1. 小熊是上山還是下山？這時小熊把傘子當成什麼工具了？
2. 除了行山人士使用行山杖外，你還見過什麼人使用拐杖嗎？

---

1. 小熊想摘果子，但果樹太高了。小熊想到什麼辦法呢？
2. 你試過伸長手臂也拿不到高處的東西嗎？這時你會怎樣做？

P7

1. 小熊的褲子怎麼了？
2. 褲子破了很難為情啊！小熊想到什麼辦法呢？請猜猜看。

P8

1. 你猜對了嗎？小熊用的是什麼辦法？
2. 如果你是小熊，你會怎樣做呢？

說多一點點

節約用水

梳洗時，使用洗臉盆，不長開水喉。

刷牙時，關掉水龍頭。

用花灑淋浴，代替浴缸浸浴。

洗澡時，不放任嬉水。

字卡

❶ 把字卡全部排列出來，伴讀者讀出字詞，請孩子選出相應的字卡。
❷ 請孩子自行選出多張字卡，讀出字詞並口頭造句。

請沿虛線剪出字卡。

漂亮	傘子	外出
擋雨	弄濕	身體
晴朗	容易	割破
屁股	覺得	難為情

幼兒全語文階梯故事系列
第5級（挑戰篇）

《傘子的用處》

幼兒全語文階梯故事系列
第5級（挑戰篇）
《傘子的用處》
©園丁文化

幼兒全語文階梯故事系列
第5級（挑戰篇）
《傘子的用處》
©園丁文化

幼兒全語文階梯故事系列
第5級（挑戰篇）
《傘子的用處》
©園丁文化

幼兒全語文階梯故事系列
第5級（挑戰篇）
《傘子的用處》
©園丁文化

幼兒全語文階梯故事系列
第5級（挑戰篇）
《傘子的用處》
©園丁文化

幼兒全語文階梯故事系列
第5級（挑戰篇）
《傘子的用處》
©園丁文化

幼兒全語文階梯故事系列
第5級（挑戰篇）
《傘子的用處》
©園丁文化

幼兒全語文階梯故事系列
第5級（挑戰篇）
《傘子的用處》
©園丁文化

幼兒全語文階梯故事系列
第5級（挑戰篇）
《傘子的用處》
©園丁文化

幼兒全語文階梯故事系列
第5級（挑戰篇）
《傘子的用處》
©園丁文化

幼兒全語文階梯故事系列
第5級（挑戰篇）
《傘子的用處》
©園丁文化